D0668583

Collection MONSIEUR

Mr. Men   Little Miss

Monsieur
INCROYABLE

Roger Hargreaves

HACHETTE
Jeunesse

Monsieur Incroyable faisait des choses
tout à fait étonnantes.

Stupéfiantes.

Par exemple, il sautait par-dessus les maisons.

Tu imagines un peu ?

C'est incroyable !

Monsieur Incroyable devenait invisible.

Quand il le voulait.

Tu te rends compte?

C'est incroyable!

Monsieur Incroyable volait comme un oiseau.

Quand il le voulait.

Il remuait les bras et il s'envolait.

Tu as déjà vu ça?

C'est incroyable!

Monsieur Incroyable habitait une maison extraordinaire.

Tu as vu où elle était construite?

C'est incroyable!

Un beau jour, pendant sa promenade,
monsieur Incroyable rencontra un petit garçon
qui allait à l'école.

– Bonjour! dit monsieur Incroyable.

– Bonjour! répondit le petit garçon.
Je m'appelle Guillaume.

– Et moi, je m'appelle monsieur Incroyable.

– Vraiment? demanda Guillaume.

– Mais oui, vraiment.

– Et vous faites des choses incroyables ?
demanda Guillaume.

Monsieur Incroyable répondit modestement :
– Je crois que je peux faire tout ce qui est incroyable.

Guillaume réfléchit.
– Vous pourriez grimper à cet arbre ?

Il montra du doigt un gros arbre qui se dressait
au bord de la route.

– Mieux que ça, répondit monsieur Incroyable.
Je peux marcher sur le tronc.

Ce qu'il fit aussitôt.

Guillaume réfléchit encore.

– Vous pouvez vous tenir sur une main ? demanda-t-il.

– Mieux que ça, répondit monsieur Incroyable. Je peux tenir sur aucune main !

Ce qu'il fit aussitôt.

– C'est incroyable ! s'écria Guillaume.

Soudain, Guillaume se rappela qu'on l'attendait à l'école.

– Vous voulez venir avec moi? demanda-t-il.

– Je ne suis jamais allé en classe, dit monsieur Incroyable.

– Eh bien, ne laissez pas passer cette occasion!
répondit Guillaume.

Guillaume et monsieur Incroyable s'assirent
au dernier rang de la classe.

Le maître ne remarqua même pas qu'il y avait
un nouvel élève.

– Bonjour, les enfants ! dit le maître.
Ce matin, vous allez faire du calcul.
Je vous ai préparé un exercice très difficile.
Je pense qu'il vous faudra toute la matinée
pour trouver le résultat.

Et il commença à écrire au tableau.

C'était un exercice très compliqué : plein de divisions, de multiplications, de soustractions !
Pauvre Guillaume, lui qui n'aimait pas les opérations.

Le maître avait raison.
Il faudrait toute la matinée pour trouver le résultat.
Et peut-être l'après-midi.

Monsieur Incroyable chuchota quelque chose à l'oreille de Guillaume.

Guillaume leva le doigt.

– Qu'y a-t-il, Guillaume? demanda le maître.
Tu ne vois pas ce que j'ai écrit au tableau?

– Si, monsieur, je vois bien. Est-ce que le résultat
ne serait pas 23?

Le maître écarquilla les yeux.
Il était vraiment, tout à fait, complètement,
absolument sidéré.

– Comment as-tu trouvé aussi vite? C'est incroyable!

Monsieur Incroyable se leva et dit :
– Incroyable... mais vrai!

Monsieur Incroyable passa toute la journée à l'école.

Quand le maître lui demanda de faire la lecture,
il prit son livre à l'envers et lut.

– C'est incroyable! s'exclamèrent les autres élèves.

– Incroyable... mais vrai, dit monsieur Incroyable.

À la récréation, Guillaume demanda
à monsieur Incroyable s'il voulait faire partie
de son équipe de football.

– Oh oui! répondit monsieur Incroyable.
Je n'ai jamais joué au football.

Et tu sais ce qui s'est passé?

Il a donné un coup de pied dans le ballon.
Le ballon est monté si haut dans le ciel
qu'il est redescendu couvert de neige!

Tu ne trouves pas que c'est incroyable?

À la fin de la journée,
monsieur Incroyable fit ses adieux au maître
et à tous les élèves de la classe.

– Au revoir, monsieur Incroyable, dit Guillaume.

– Au revoir, Guillaume, dit monsieur Incroyable.

Et il disparut.

Guillaume se frotta les yeux, puis il rentra chez lui.

Les parents de Guillaume l'attendaient à la maison.

– Bonsoir, dirent-ils. Tu as passé une bonne journée ?

– Oui, répondit Guillaume. Et j'ai rencontré quelqu'un qui sait faire les choses les plus étonnantes du monde.

Le papa et la maman de Guillaume éclatèrent de rire.

– Vraiment, Guillaume, tu es incroyable !

A plusieurs kilomètres de là, quelqu'un écoutait
la conversation de Guillaume et de ses parents.

Ce quelqu'un eut un sourire incroyable,
et il alla se coucher.

La tête en bas.

Oh! je sais ce que tu vas dire :

C'est incroyable!

RÉUNIS VITE LA COLLECTION ENTIÈRE DE **MONSIEUR MADAME**, UNE FRISE-SURPRISE APPARAÎTRA !

Traduction : Jeanne Bouniort
Révision : Évelyne Lallemand
Dépôt légal n° 65676 - décembre 2005
22.33.4556.03/1 - ISBN : 2.01.224556.0
Loi n° 49-956 du 16 juillet 1949 sur les publications destinées à la jeunesse.
Imprimé et relié en France par I.M.E.